為什麼要說對不起?

孩子常見的品格問題

作者/蘇菲・弗雨羅　顧問/珍・查爾絲・皮特爾
圖/朵樂蒂・德蒙弗里、索莱達・布拉沃

上誼

想做什麼就可以做嗎？

哼！這個不可以做，
那個也不可以做，
為什麼有這麼多事情
是小孩子不能做的啊！
豬比，你在
生什麼氣啊？
豬比，你想
做什麼事呢？

我想跟爸爸一樣開車。
豬比，你還小，不可以開車啦！
而且你的腳太小，根本踩不到油門。
年紀小，什麼事都不能做，一點也不好玩。
豬比，你才不小呢！你長大了，都快到我的腰了。
是啊！豬比，你已經可以做很多以前不能做的事情。

真的嗎？比如什麼事？
你現在會自己穿衣服。
對啊！以前你都是媽媽幫你穿的。
對耶！這麼說的話，我是不是很快就可以開車呢？
還要再等一段時間，長大需要點時間……
我和咪咪都比你大，可是我們也不可以開車啊！

豬比，要不要來玩
開車遊戲？
好啊！

握好方向盤。
我當駕駛，
車子要開囉！
叭！叭！

咦？你們
在玩什麼啊？
我們在學
大人開車！
咪咪，快上車，
跟我們一起玩吧！

哪些事情，是**大人**可以做，

小孩不可以做的？

又有哪些事情，是小孩可以做，

大人不可以做的呢？

好朋友也會吵架嗎?

咦？發生什麼事了？
他們吵架了嗎？
好朋友也會吵架嗎？
我不喜歡哈狼，
我要跟他絕交。

哈狼，你做了什麼事，為什麼豬比不想跟你做朋友呢？
我只是跟豬比開玩笑，他就生氣了。
我們可以跟朋友亂開玩笑嗎？
哈狼，那我也可以說你長得像猴子囉！
可以啊！我又不在乎。

你們看，我是一隻猴子！
等等我，我也要扮成猴子！
他們真是天生一對。
他們是因為這樣成為好朋友的嗎？

豬比，我背你去看獅子。
你們和好了啊？

是啊！剛才只是小爭執，我跟豬比是一輩子的好朋友。
所以，好朋友不一定都不會吵架囉？
對啊！好朋友會一起玩，也可能會吵架，就像哈狼和豬比一樣。

你覺得……可以和好朋友吵架嗎？

你也有可以一起玩、一起爭吵的好朋友嗎？

爲什麼要說對不起？

為什麼要說對不起？我又不是故意的。
可是你弄痛我了。
故意的時候，才需要說對不起嗎？
我媽媽說要常常說「對不起」。

為什麼要說對不起？
如果不說，會被媽媽或老師處罰。
說對不起，是因為怕被處罰嗎？

說完對不起，心裡會比較舒服。
是嗎？誰會比較舒服？

我媽說「對不起」這三個字，有神奇的力量。
什麼神奇的力量？
可以讓別人不舒服的感覺消失不見……
就像什麼事都沒發生過嗎？
太好了！那我們重來一次。
啊，不要！

對不起！
唉唷！

對不起！
住手！
我們快走，不要跟哈狼做朋友。

不，不要走！這次我是真的跟你們說對不起啦！

當你說**對不起**之後……

什麼會改變呢？

每個人都會犯錯嗎？

豬比，你以前有放過風箏嗎？
沒有……
也許，當我們做不熟悉的事情，會犯錯是很正常的？

嗚嗚……我把風箏弄壞了，都是我的錯。

豬比，你有故意放開風箏嗎？
沒有！
那就不是你的錯呀！
可是，我有告訴你要抓緊。
哈狼，你會不會不喜歡我了……
豬比，你這麼說，是因為剛剛犯錯的關係嗎？
豬比，我沒有不喜歡你，我只是有點生氣。

豬比，沒有人是不會犯錯的。
除非……你是機器人！

像我以前穿衣服，總是扣錯釦子。
我以前放風箏，線老是會打結在一起。
還有，我以前常常分不清楚哪一邊是左手，哪一邊是右手。

豬比，我們幫你拉住風箏線了。
這次，我一定會用力抓緊的。
哈哈！豬比，你學會了放風箏，應該不會飛走啦！

你有犯過錯嗎？你覺得……

犯錯很討厭？還是很有趣呢？

嘲笑別人好嗎？

哈哈！
嘻嘻！
哈哈！
哼！

你們這不是在笑，
是在嘲笑我！

要嘲笑別人我也會啊！
哈狼的牙齒長得像暴牙；
咪咪有長鬍子；
毛毛的羽毛禿禿的。

豬比，你這麼說我會很難過耶！
對啊！我們剛剛是在開玩笑的。
對不起，我們不應該笑你的。

來，豬比，我教你玩滑板。
咪咪，嘲笑別人是不對的，是吧？

是啊！不過我們剛剛笑你，
是逗你玩，不是故意嘲笑你的。
來，抓好了，要出發囉！

哈哈～
我跌倒了。
砰！

嘲笑別人……

會讓人開心？

還是會讓人難過呢？

我們可以說謊嗎？

我才沒有說謊，
我不要跟你們玩了。
豬比，
你怎麼生氣啦？
是因為我們發現
你說謊嗎？
一定是！豬比說謊
被拆穿了。
他現在應該
覺得很丟臉。

豬比，為什麼
你要說謊呢？
我……我怕
你們笑我。

有時候，說話很誇張，
也會讓人覺得他在說謊。
就像哈狼說
他比長毛象
還要強壯嗎？
哈狼，
你也說謊。

說謊是不好的行為嗎？
也不一定啦！
真的嗎？所以我們偶爾可以撒點小謊？
有時我們說謊，是為了不要讓別人難過。

所以，我們可以不必都說真話嗎？
對啊！就像我們不能告訴哈狼，他的尖牙看起來有點恐怖。
就算那是真話。
你們說謊，我看起來才不恐怖呢！

你有說謊過嗎？

當說謊被拆穿時，你是什麼感受呢？

爲什麼愛生氣？

我才沒有生氣，
如果要暫停一次，
我就不玩了。
哈狼，你的怒氣
越來越多了……
多到像要
火山爆發嗎？
我以前生氣，
會氣到在地上打滾。

哈狼，
只是玩遊戲，
幹麼這麼生氣啊！
碰！
哈狼真的生氣了，
這下該怎麼辦？

不要理我，
我想安靜一下！
為什麼哈狼
會這麼生氣啊？

也許哈狼
不喜歡輸的
感覺吧？
所以每個人會
因為不同的
原因生氣？

當哥哥
搶我的玩具，
我會告訴他
我很生氣。
有時候生氣
需要說出來，
讓別人知道……
我是畫圖畫壞時，
會很生氣。
豬比，為了
這點小事生氣，
真像小寶寶！

不要再說我是小寶寶了啦！
好啦！豬比，別生氣！
毛毛，你也走到監獄了。
唉呀！換我暫停一次。

你覺得**生氣**好？還是不好？

什麼事會讓你感到生氣呢？

Les p'tits philosophes
By Sophie FURLAUD (Author)
By Jean-Charles PETTIER (Commentator)
By Dorothée DE MONFREID (Illustrator)
By Soledad Bravi (Illustrator)

Les p'tits philosophes 2
By Sophie FURLAUD (Author)
By Jean-Charles PETTIER (Commentator)
By Dorothée DE MONFREID (Illustrator)

為什麼要說對不起？

作者／蘇菲・弗爾羅　顧問／珍・查爾絲・皮特爾　圖／朵樂蒂・德蒙弗里、索萊達・布拉沃　翻譯／許若雲、賈翊君
藝術總監／張杏如　總編輯／陳曉玲　主編／鄭雅馨　美術編輯／張婉琪　生產管理／黃錫麟
發行人／張杏如　出版／上誼文化實業股份有限公司　地址／台北市重慶南路二段75號　電話／23211140〈代表號〉
網址／http://www.hsin-yi.org.tw　客戶服務／service@hsin-yi.org.tw　郵撥／10424361 上誼文化實業股份有限公司
2018年10月初版　2019年1月初版二刷　定價／280元　ISBN／978-957-762-648-6　印刷／沈氏藝術印刷股份有限公司

　　讀者服務／信誼・小太陽親子書房 store.kimy.com.tw